Fragen zur Liebe

8-11 Jahre

Virginie Dumont

ist Psychologin und Psychotherapeutin mit dem Spezialgebiet
Kinder und Jugendliche

Serge Montagnat
ist Biologielehrer und Autor von Jugendsachbüchern

Illustrationen von
Denise und Claude Millet

Unser besonderer Dank gilt der Ärztin Dr. Françoise Degeilh
für die sorgfältige Prüfung des Manuskripts

arsEdition

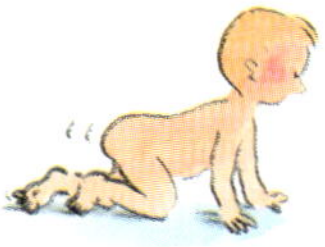

Inhalt

Herausgeberin der Reihe:
Virginie Dumont

Redaktion:
Serge Montagnat

Konzeption:
Marie-Odile Fordacq

Lektorat:
Ariane Léandri

Gestaltung:
Bernard Girodroux

Layout:
Maryvonne Marconville

Illustrationen:
Denise und Claude Millet

Bild-Recherche:
Claire Balladur

***Das erwachsene Paar* • • • • • 4-5**
Die erste Begegnung
Wenn man verliebt ist ...
Heiraten oder nicht heiraten?
Warum trennen sich manche Eltern?

***Sexualität* • • • • • • • • • • • • • 6-7**
Sexualität ist privat
So entsteht das Verlangen
Was tun Erwachsene, wenn sie miteinander schlafen?

***Der Kinderwunsch* • • • • • • • 8-9**
Ist Liebe machen und Kinder bekommen das Gleiche?
Ihr habt drei Kinder. Habt ihr drei Mal miteinander geschlafen?
Können alle Menschen Kinder haben?
Wenn man kein Baby bekommen will ...
Die Adoption

***AIDS* • • • • • • • • • • • • • • • • 10-11**
Was ist AIDS?
Wie steckt man sich mit AIDS an?
Wozu dienen Kondome?
Ist AIDS das Gleiche wie Krebs?
Kann man sich gegen AIDS impfen lassen?

***Der Anfang des Lebens* • • 12-13**
Die Eizelle und die Samenzelle
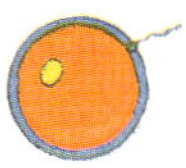
Wie beginnt das Leben?
Kann man herausfinden, an welchem Tag man gezeugt wurde?

***Vom Ei zum Embryo* • • • • 14-15**
Aus dem Ei wird ein Embryo
Der Embryo nistet sich ein
Was ist eine Fehlgeburt?
Was ist eine Ultraschalluntersuchung?

***Neun Monate Leben* • • • • 16-17**

***Im Bauch der Mutter* • • • 18-19**
Wie macht das Baby Pipi?
Kann der Fötus hören?
Was macht er den ganzen Tag?

Hält er die Augen offen?
Wie isst er?
Kann er krank werden?
Wie atmet er?
Spürt das Baby, wenn die Mutter ihren Bauch berührt?

***Das Geheimnis der Zwillinge* • • • • • • • • • • • • 20-21**
Warum gibt es Zwillinge?
Warum sehen sie sich nicht immer ähnlich?
Sind Zwillinge, die gleich aussehen, auch in allem anderen gleich?
Haben Zwillinge im Bauch genügend Platz?

***Das Geschlecht des Babys* • 22-23**
Können die Eltern das Geschlecht ihres Babys bestimmen?
Kann man das Geschlecht schon vor der Geburt erfahren?

Haben Zwillinge immer das gleiche Geschlecht?
Warum wird es ein Mädchen oder ein Junge?
Ein Zaubertrank

***Ammenmärchen* • • • • • • • 24-25**
Als die Kinder noch aus Kohlköpfen kamen
Warum Kohlköpfe?
Rosa für Mädchen, hellblau für Jungen
Verzauberte Quellen

Die Geburt •••••••••••26-27
Woher weiß die Mutter, wann es so weit ist?
Warum gehen Frauen für die Geburt ins Krankenhaus?
Was geschieht während der Geburt?
Was ist eine Zangengeburt?
Ist eine Geburt furchtbar, weil dabei Blut fließt?
Was ist ein Kaiserschnitt?

Geboren werden •••••••28-29
Hat die Mutter bei der Geburt Schmerzen?
Hat das Baby bei der Geburt Schmerzen?
Darf ich bei der Geburt dabei sein?
Nach der Geburt
Was ist eine Frühgeburt?

Ein einzigartiges Wesen •30-31
Meine Schwester und ich sehen uns kein bisschen ähnlich!
Wenn man eine Generation überspringt
Der Stammbaum
Meine beste Freundin sieht mir ähnlich

Das Leben als Baby •••••32-33
Wie groß ist ein Baby?
Die Wahl des Vornamens
Milch macht groß und stark
Was kann ein Baby überhaupt?
Es hat einen großen Kopf

Mein kleiner Bruder, meine kleine Schwester ••••••34-35
Ich möchte mich gerne um das Baby kümmern
Alles dreht sich nur noch um das Baby!
Babys sind gar nicht schön!
Erkennt es mich?

Wachsen ••••••••••••36-37
Wie alt war ich, bevor ich ein Jahr alt war?
Ab wann ist ein Baby kein Baby mehr?
Ich will groß werden, aber ich will auch ein Baby bleiben
Wie schnell wächst man eigentlich?

Die Pubertät ••••••••••38-39
Ein neuer Lebensabschnitt beginnt
Wann fängt sie an?
Tut Pubertät weh?
Muss man sich wirklich jeden Tag waschen?
Und was kommt nach der Pubertät?
Den eigenen Körper entdecken

Mädchensachen •••••••40-41
Wir spielen andere Spiele als die Jungen
Jungs sind so kindisch ...
Was ändert sich, wenn man älter wird?
Was ist die Regel?
Heißt das auch, man kann mit Jungen schlafen?

Jungensachen ••••••••42-43
Mein großer Bruder hat plötzlich eine komische Stimme
Wann bekomme ich einen Bart?
Kriegt jeder Pickel?
Mein Penis ist morgens hart. Ist das normal?
Wenn ich größer werde, wächst mein Penis auch?
Wann beginnt man zu flirten?

So schützt man sich ••••44-45
Man spricht viel von Kindesmissbrauch. Was ist das?
Wann spricht man von Vergewaltigung?
Muss man vor allen Leuten Angst haben?
Warum gibt es so etwas?
Das Inzestverbot
Was ist ein Exhibitionist?

Gefühle •••••••••••••46-47
Die erste Liebe – wie alt ist man dann?
Was ändert sich, wenn man älter wird?
Hält die Liebe das ganze Leben?
Kann man befreundet bleiben, wenn die Liebe aus ist?

Das erwachsene Paar

Die erste Begegnung

Es kann einen treffen wie ein Blitzschlag. Bei Liebe auf den ersten Blick schmelzen die beiden gleich dahin und sagen sich: »Ich bin verliebt.« Zwei Menschen begegnen sich aber oft mehrmals, bevor sie überhaupt daran denken, dass sie gerne ein Paar wären. Man begegnet im Leben vielen Menschen, ohne dass daraus unbedingt Liebe werden muss.

Zwei Verliebte ...

... das sind zwei Menschen, die sich begegnen und sich nun so sehr voneinander angezogen fühlen, dass sie nur noch zusammen sein wollen. Zwischen ihnen ist ein sehr starkes Gefühl entstanden, das anders ist als die Liebe zwischen Eltern und Kindern, weil es sich um zwei Erwachsene handelt.

Wenn man verliebt ist ...

... möchte man alles mit dem geliebten Menschen teilen. Man möchte ihm oder ihr alles erzählen: was einem gefällt, was einen traurig macht und was einen beschäftigt. Man möchte für den anderen der wichtigste Mensch auf der Welt sein. Wenn man verliebt ist, möchte man dem anderen auch körperlich ganz nahe sein, ihn küssen, streicheln, mit ihm schlafen. Man möchte vielleicht ein gemeinsames Kind haben und ist sehr zärtlich zueinander.

Heiraten oder nicht heiraten?

Die standesamtliche Heirat ist eine gesetzliche Angelegenheit. In Deutschland dürfen Männer erst ab 18 Jahren heiraten, Frauen ab 16 Jahren. Nach dem Gang zum Standesamt kann man sich auch religiös trauen lassen, muss es aber nicht. Die Heirat ist freiwillig, man kann auch zusammen leben ohne zu heiraten.

Warum trennen sich manche Eltern?

Manchmal wird das Zusammenleben so schwierig, dass die Partner eine Trennung für die bessere Lösung halten. Es ist nie eine leichte Entscheidung, besonders dann nicht, wenn das Paar Kinder hat, die darunter leiden könnten. Ehepaare können sich scheiden lassen. Auch die Scheidung ist gesetzlich geregelt: Sie wird von einem Richter ausgesprochen. Er versucht zusammen mit den Eltern, die beste Lösung für alle Beteiligten zu finden.

Das Elternpaar

Ein Paar, das gemeinsame Kinder hat, kann sich trennen. Vater und Mutter sind dann kein Liebespaar mehr, sondern nur noch ein Elternpaar. Die Verbindung der Eltern zu den Kindern bleibt jedoch auch nach der Trennung bestehen.

Was heißt »homosexuell«?

Meistens sind eine Frau und ein Mann ein Liebespaar. Es gibt jedoch auch Liebesbeziehungen zwischen zwei Menschen gleichen Geschlechts, zwei Männern oder zwei Frauen. Das ist homosexuelle Liebe. Diese Paare können jedoch keine leiblichen Kinder bekommen.

Sexualität

Die weiblichen Geschlechtsorgane

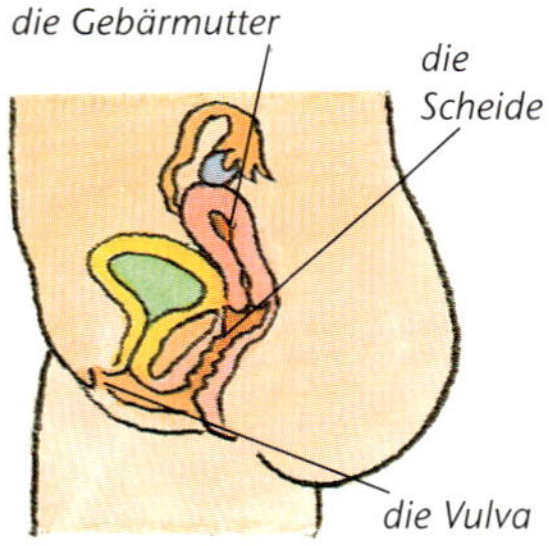

Die männlichen Geschlechtsorgane

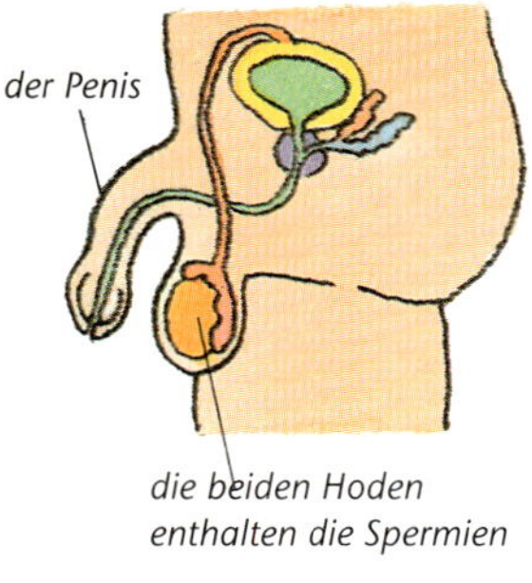

Sexualität ist privat

Auch wenn in Zeitschriften oder Filmen Männer und Frauen beim Geschlechtsverkehr gezeigt werden, wollen die meisten Menschen ihr Sexualleben lieber für sich behalten. Nicht, weil sie sich schämen, sondern weil sie finden, dass es zu ihrem Intimbereich gehört. Das sollte aber keinen Erwachsenen davon abhalten, auf Fragen zur Sexualität zu antworten.

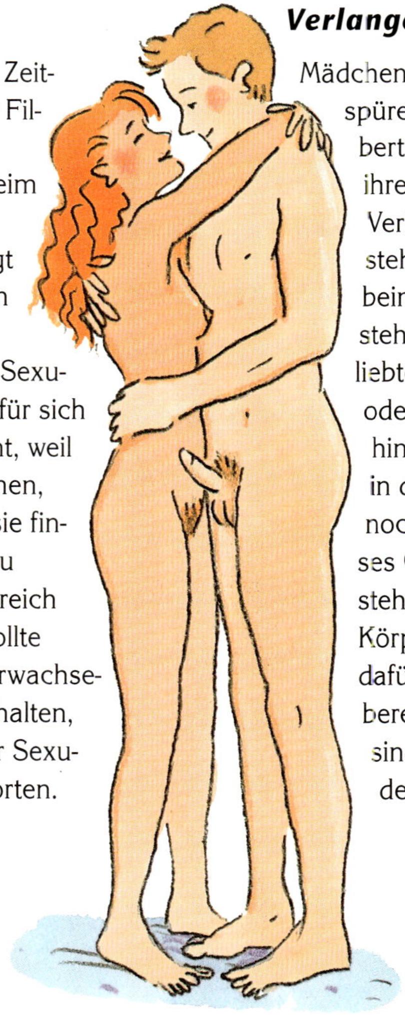

So entsteht das Verlangen

Mädchen und Jungen spüren in der Pubertät, wie in ihrem Körper ein Verlangen entsteht, das sie beinahe unwiderstehlich zum geliebten Jungen oder Mädchen hinzieht. Es ist in diesem Alter noch schwer, dieses Gefühl zu verstehen, denn der Körper ist meist dafür noch nicht bereit. Natürlich sind sie trotzdem neugierig.

Was tun Erwachsene, wenn sie miteinander schlafen?

Die Frau und der Mann streicheln und küssen sich, sagen einander zärtliche Worte, es sind glückliche Augenblicke für beide. Sie begehren einander und wollen sich auch körperlich so nahe wie möglich sein, so dass sich ihre Geschlechtsteile berühren. Der Penis des Mannes wird steif und richtet sich auf. So kann er in die Scheide der Frau eindringen. Das tut nicht weh, es ist zärtlich und angenehm. Das Gefühl, das beide dabei empfinden, ist sehr schön. Der Mann ejakuliert, das heißt, ein paar Tropfen einer weißlichen, Sperma genannten Flüssigkeit fließen aus seinem Penis in die Scheide der Frau. Danach entspannen sich die Liebenden. Der Liebesakt kann ein paar Minuten oder auch viel länger dauern. Wenn eine Frau und ein Mann sich lieben, wollen sie oft miteinander schlafen.

Komische Wörter

In der Schule sprechen die Kinder untereinander von »Pimmel« oder »Muschi«, wenn es um männliche oder weibliche Geschlechtsteile geht. Unter Freunden machen Erwachsene oft lockere Witze über Sexualität und benutzen dabei komische Wörter. Klar, dass man über Sexualität nicht genauso reden kann wie über das Wetter. Es ist ein empfindliches Thema, das einerseits alle Menschen etwas angeht, andererseits jedoch für jeden Einzelnen ein Geheimnis bleibt, das er nur mit dem Menschen teilt, den er liebt.

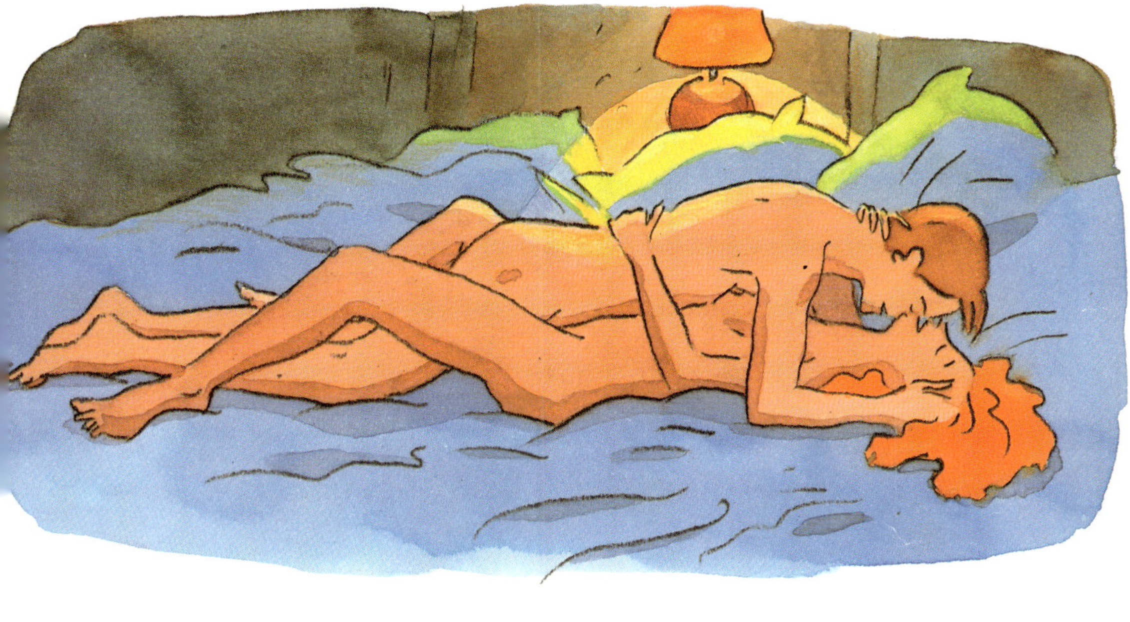

Sexualität ist, wenn der Körper sagt: »Ich liebe dich ... «

Der Kinderwunsch

Das erste Reagenzglas-Baby der Welt heißt Louise Brown und wurde 1978 in England geboren. Bei ihrer Zeugung fand die Begegnung von Eizelle und Spermium in einem Reagenzglas statt und danach wurde der Embryo in die Gebärmutter der Mutter eingesetzt. Diesen Vorgang nennt man künstliche Befruchtung. Viele Kinderlose Paare sind seitdem durch künstliche Befruchtung zu glücklichen Eltern geworden.

Ist Liebe machen und Kinder bekommen das Gleiche?

Nein, aber die beiden Sachen gehören zusammen. Abgesehen davon fragen sich kleine Kinder meist nicht, wie das mit der Liebe geht, sondern woher die Babys kommen. Es gibt ja auch einen Zusammenhang: Eine Frau und ein Mann, die sich lieben, wollen oft gemeinsame Kinder haben.

Ihr habt drei Kinder. Habt ihr drei Mal miteinander geschlafen?

Nein, so einfach ist es nicht. Damit ein Kind entsteht, muss bei der Liebe ein Spermium des Mannes auf eine Eizelle der Frau treffen. Man nennt das Befruchtung. Sie kann nur an vier bis sechs Tagen im Monat stattfinden, an den anderen Tagen nicht.

Können alle Menschen Kinder haben?

Grundsätzlich ja. Manchmal aber wird der Wunsch nach einem Kind nicht Wirklichkeit. Man weiß nicht immer wieso das so ist oder was man dagegen tun kann. Wenn man sich trotzdem ein Kind sehr wünscht, gibt es auch zwei andere Möglichkeiten: die künstliche Befruchtung oder die Adoption.

Wenn man kein Baby bekommen will ...

... muss man Verhütungsmittel benutzen. Die gebräuchlichsten sind: die Pille (sie verhindert, dass im Körper der Frau ein Ei entsteht), die Spirale (sie verhindert, dass sich ein befruchtetes Ei in der Gebärmutter einnistet) und das Kondom (es verhindert, dass Spermien in die Scheide gelangen). Die Rolle von Eizelle und Spermien wird auf Seite 12-13 erklärt.

Die Adoption

Wenn ein Paar keine eigenen Kinder haben kann, hat es die Möglichkeit ein Kind zu adoptieren, dessen Eltern sich nicht um es kümmern können. Das Kind trägt dann den Namen der Adoptivfamilie, in der es aufwächst. Auch wenn eine Adoption für alle Betroffenen keine einfache Situation ist, hat sie immer sehr viel mit Liebe zu tun.

AIDS

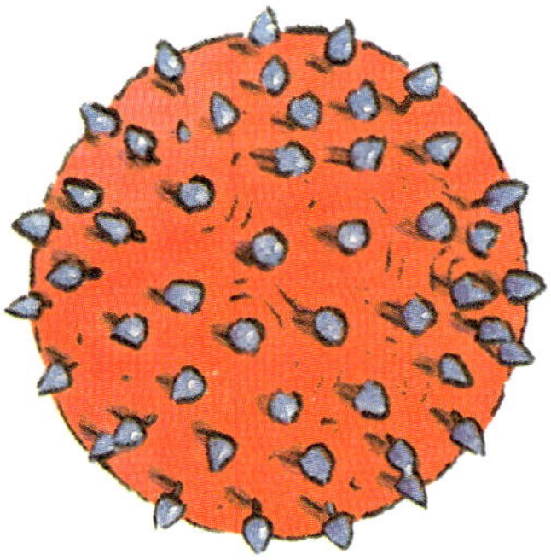

Der AIDS-Erreger

Was ist AIDS?

AIDS ist eine Krankheit. Sie wird vom HIV-Virus hervorgerufen, der das Selbstschutzsystem des Körpers zerstört. Personen, in deren Blut der HIV-Virus nachweisbar ist, werden HIV-positiv genannt. Wenn ein Mensch an AIDS erkrankt, kann er Infektionen nicht mehr abwehren. In der Folge von AIDS treten andere tödliche Krankheiten auf, wobei es meist einige Jahre dauert, bis diese sich entwickeln.

Wie steckt man sich mit AIDS an?

AIDS wird nur über Sperma und Blut übertragen. Ein Mann oder eine Frau mit AIDS können ihre jeweiligen Sexualpartner anstecken. Drogensüchtige können sich anstecken, wenn sie Spritzen verwenden, die andere vor ihnen benutzt haben. Ein ungeborenes Kind kann sich über seine Mutter anstecken.

Wozu dienen Kondome?

Die einzig wirksame Art, auf die man sich heute vor AIDS schützen kann, besteht darin, beim Miteinanderschlafen immer ein Kondom zu benutzen.

Ist AIDS das Gleiche wie Krebs?

Nein, diese beiden schweren Krankheiten sind verschieden. Aber weil sich der Körper eines an AIDS erkrankten Menschen nicht mehr wehren kann, können sich bei ihm bestimmte Krebsarten leichter entwickeln, insbesondere Hautkrebs. Abgesehen davon ist Krebs, anders als AIDS, auf gar keinen Fall ansteckend.

Kann man sich gegen AIDS impfen lassen?

Nein, noch nicht, aber es wird an einem Impfstoff geforscht. Es gibt zwar einige Medikamente, aber sie sind nicht wirksam genug, um die Krankheit vollständig einzudämmen.

Der Anfang des Lebens

Eizelle

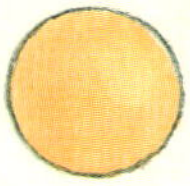

Wo? In den Eierstöcken.
Größe? 0,15 mm Durchmesser.
Ab welchem Alter? Vom Embryo an bis zum Alter von 44–55 Jahren.
Wie viele? Die Eierstöcke geben etwa eine Eizelle pro Monat frei: Das ist der Eisprung.
Erster Eisprung: mit etwa 12–13 Jahren (in der Pubertät).
Besondere Kennzeichen: 100-mal größer als ein Spermium, trotzdem noch mikroskopisch klein.

Wie beginnt das Leben?

Alles fängt am Tag der Befruchtung an, wenn ein Spermium in die Eizelle eindringt und sie befruchtet. Die befruchtete Eizelle teilt sich nach und nach in immer mehr Zellen, die sich weiterentwickeln, bis daraus ein menschliches Wesen entsteht. Bei der Ejakulation des Mannes gelangen 300 bis 400 Millionen Spermien in die Scheide der Frau. Sie müssen durch den engen Gebärmutterhals hindurch und viele von ihnen gehen dabei zugrunde. 3 oder 4 Millionen davon können in der Gebärmutter ihr Rennen fortsetzen. Nur ein paar Tausend von ihnen werden die Eizelle erreichen und der Zufall allein entscheidet, welches Spermium sie schließlich befruchtet.

Samenzelle (Spermium)

Wo? In den Hoden.
Größe? 0,06 mm Länge.
Wie viele? 150 Millionen werden jeden Tag vom Körper produziert.
Ab welchem Alter? Von der Pubertät an bis zum Tod.
Besondere Kennzeichen: Besitzt einen Geißel genannten Schwanz, mit dessen Hilfe eine sehr schnelle Fortbewegung möglich ist.

Kann man herausfinden, an welchem Tag man gezeugt wurde?

Theoretisch kann man mit einer Genauigkeit von ungefähr zwei Tagen berechnen, wann die Begegnung zwischen Eizelle und Spermium stattgefunden hat.

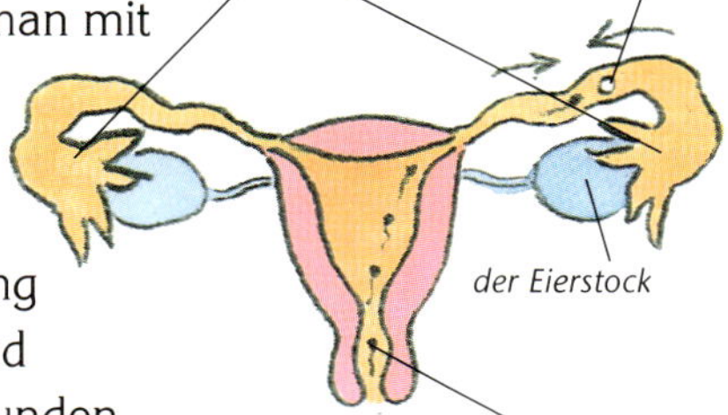

Das Spermium und die Eizelle treffen in einem der Trichter aufeinander.

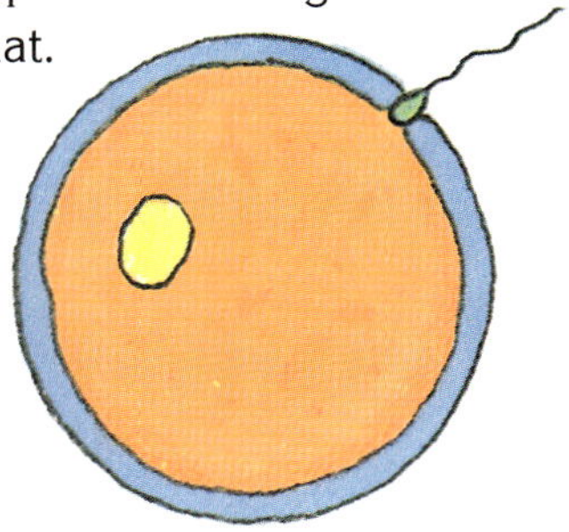

Ein Spermium dringt in die Eizelle ein und befruchtet sie.

Der Klapperstorch und die Kinder

Man schreibt dem Storch viele wundersame Eigenschaften zu. Viele Menschen glauben auch, dass er dem Haus, auf dem er sein Nest baut, Glück und Wohlstand bringt. Die Sage vom Klapperstorch, der angeblich die kleinen Kinder bringt, stammt aus Norddeutschland. In Gegenden, wo keine Störche nisteten, sagte man, dass Kinder in den Bäumen oder in Brunnen geboren werden, oder auch, dass sie die Hebamme in einer Schachtel ins Haus schmuggelt.

Vom Ei zum Embryo

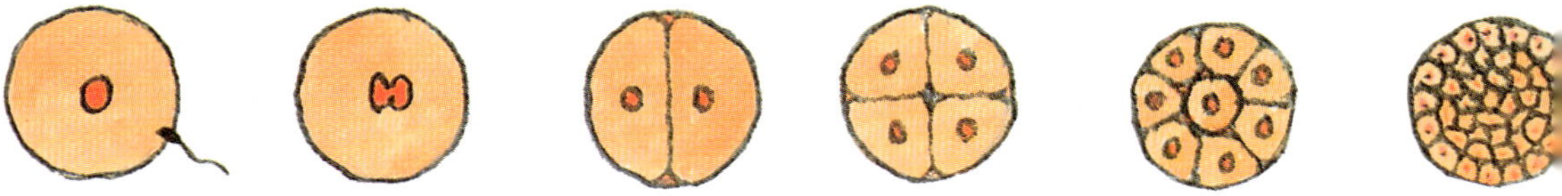

Die befruchtete Eizelle teilt sich in zwei, vier, acht Zellen und so weiter ...

Die Abtreibung

Die Abtreibung ist ein medizinischer Eingriff, der die Schwangerschaft auf Wunsch der Frau abbricht. Sie wird meist in den ersten drei Monaten der Schwangerschaft vorgenommen.

Aus dem Ei wird ein Embryo

Sobald die Eizelle im Trichter beginnt, sich zu teilen und zu wachsen, also kurz nach der Befruchtung, spricht man von einem Embryo. Am vierten Tag sieht der Embryo noch gar nicht wie ein Baby aus, sondern eher wie eine Brombeere!

Der Embryo nistet sich ein

Eine Woche nach der Befruchtung nistet sich der Embryo in der Gebärmutter ein. Der Austausch zwischen Mutter und Kind beginnt. Er ist für die gesunde Entwicklung des Embryos unentbehrlich.

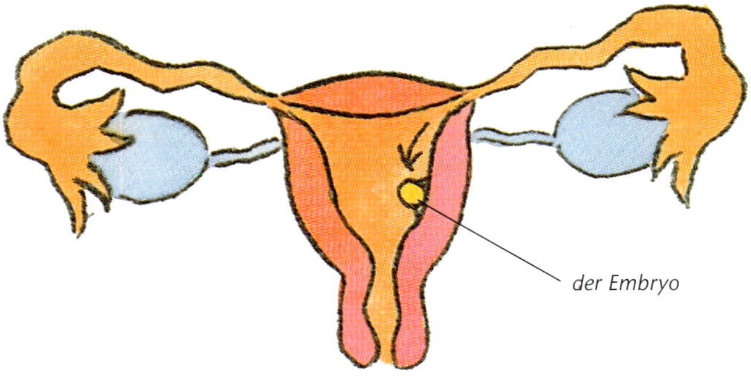

Der Embryo nistet sich in der Gebärmutter ein.

Was ist eine Fehlgeburt?

Es kann sein, dass sich eine befruchtete Eizelle nicht weiterentwickelt, weil sie sich nicht richtig einnisten kann oder aber weil sie unvollständig oder missgebildet ist. In solchen Fällen kommt es zu einer Fehlgeburt, d.h., das Ei wird auf natürlichem Wege vom Körper der Mutter abgestoßen. Meistens verläuft eine darauf folgende Schwangerschaft problemlos.

Was ist eine Ultraschalluntersuchung?

Es ist eine Methode, die uns ermöglicht den Fötus mit Hilfe von Ultraschallwellen zu beobachten. Die Bilder erscheinen auf einem Bildschirm, und der Arzt kann so den Verlauf der Schwangerschaft und die Entwicklung des Fötus kontrollieren. Außerdem kann man mit dieser Untersuchungsmethode das Vorhandensein von Zwillingen feststellen oder das Geschlecht des Kindes erkennen, falls die Eltern dies wünschen.

Wie lange dauert eine Schwangerschaft?

Ungefähr 39 Wochen, also 9 Monate. So lange braucht man, um von einem weizenkorngroßen Etwas zum schönsten Baby der Welt heranzuwachsen.

Ultraschalluntersuchung: *auf dem Bildschirm kann man einen sieben Monate alten Fötus erkennen.*

Neun Monate Leben

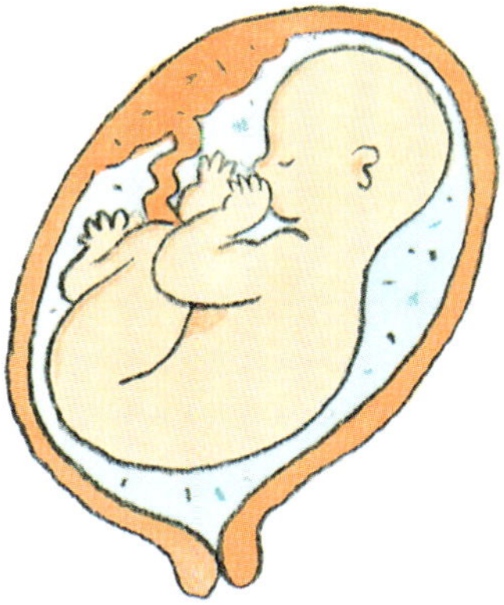

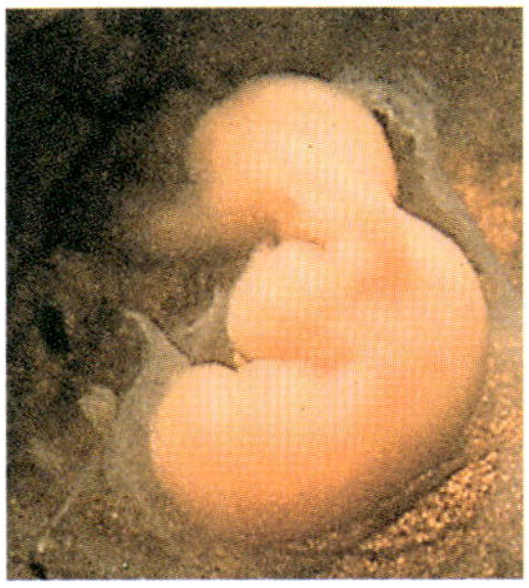

4 Wochen
Größe: 4 mm
Ausgestreckt misst der Embryo jedoch etwa 6 mm. Augen, Beine und Arme fangen gerade an, sich zu entwickeln.

Die Fruchtblase *ist eine dünnwandige, mit einer wässrigen Flüssigkeit gefüllte Blase, in welcher der Fötus heranwächst. Diese Flüssigkeit schützt ihn vor harten Stößen.*

Die Plazenta *ermöglicht den Austausch zwischen dem Körper der Mutter und dem Körper des Babys. Dieses »kuchenförmige« Organ wird kurz nach der Geburt des Babys vom Körper der Mutter ausgestoßen.*

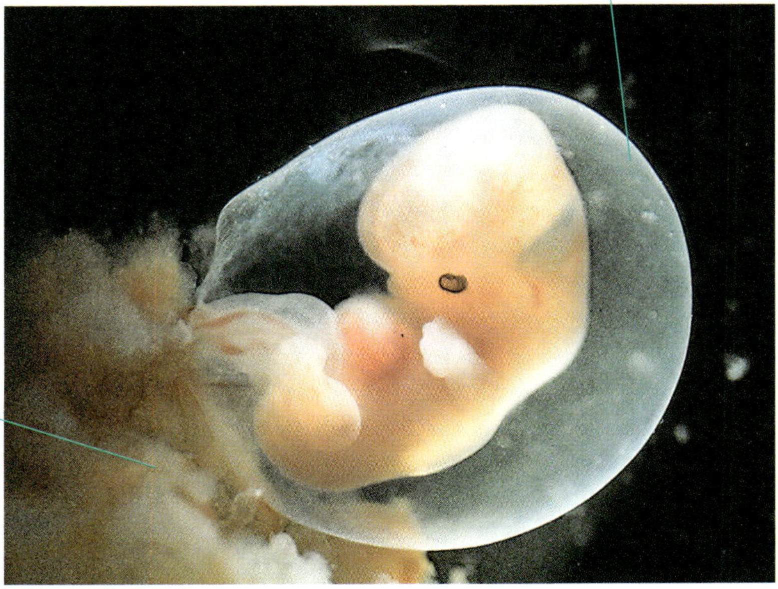

Mit 6 Wochen *ist der Kopf des Embryos so groß wie sein Körper.*

Foto: L. Nilsson, Naître, Hachette.

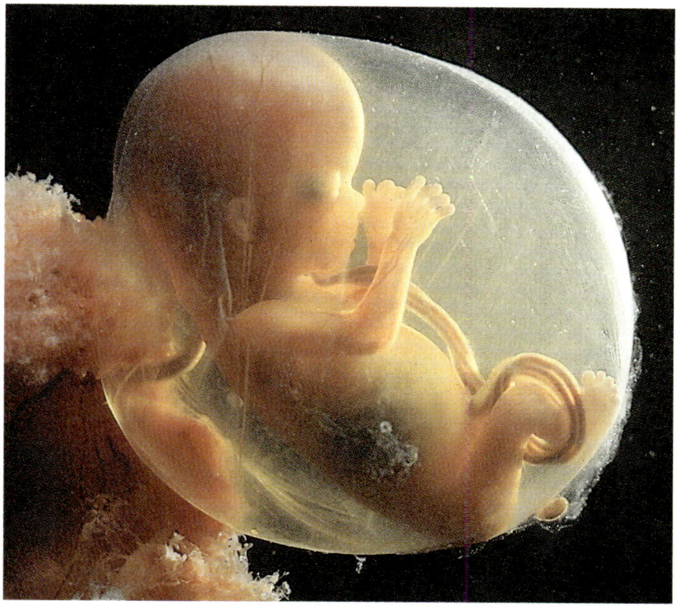

Foto: L. Nilsson, Naître, Hachette.

3 Monate

3 Monate
Größe: 8 cm
Ab diesem Zeitpunkt heißt der Embryo »Fötus«. Sein Skelett wächst, Hände und Füße erreichen ihre endgültige Form. Alle Organe bewegen sich an den richtigen Platz.

5 Monate
Größe: 26 cm
Auf dem Kopf wachsen feine Haare, die Haut bedeckt sich mit einer fettigen Schmiere. Alle Organe haben ihre Entwicklung beendet.

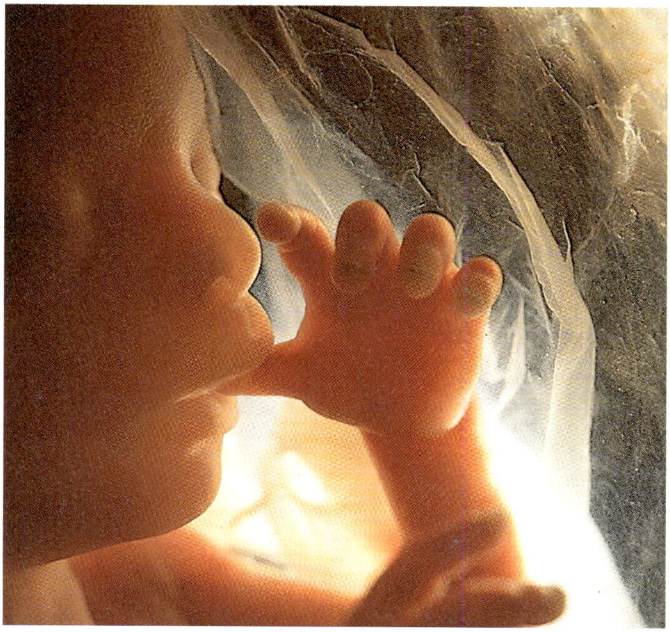

Foto: L. Nilsson, Naître, Hachette.

7 Monate

7 Monate
Größe: 40 cm
Der Fötus hat den Reflex, an seinem Daumen zu saugen, sobald er seine Lippen streift. Seine Augen sind immer noch zu, aber er kann den Lichteinfall von außen wahrnehmen.

9 Monate
Größe: 50 cm
Die Haut ist rosig und glatt geworden. Der Fötus hat sich mit dem Kopf nach unten umgedreht. Jetzt ist er bereit für die Geburt.

Im Bauch der Mutter

Wie macht das Baby Pipi?

Der Fötus macht in die Flüssigkeit Pipi, die ihn umgibt. Er trinkt auch von dieser Flüssigkeit, die ständig von der Plazenta gefiltert wird.

Kann der Fötus hören?

Ab dem 5. Monat reagiert der Fötus auf bestimmte Geräusche: Er bewegt sich, scheint »aufzuwachen«, wenn man sanft zu ihm spricht oder wenn er eine bestimmte Musik hört. Man kann sicher sein, dass er hört. Trotzdem wissen wir nicht, was er tatsächlich wahrnimmt

Was macht er den ganzen Tag?

Der Fötus schläft viel, bewegt sich von Zeit zu Zeit oder dreht sich auch um. Die meiste Zeit verbringt er allerdings damit, sich weiter zu entwickeln.

Hält er die Augen offen?

Ab dem 7. Monat kann der Fötus die Augen öffnen und schließen.

Wie isst er?

Er isst nicht so wie wir. Der Fötus wird von der Plazenta ernährt, die ihn mit allem versorgt, was er braucht (Eiweiß, Fett, Kohlehydrate). Das alles kommt über eine lange, biegsame Leitung: die Nabelschnur. Nach der Geburt wird diese Schnur durchgeschnitten und davon bleibt nur der Bauchnabel übrig.

Kann er krank werden?

Nein, davor schützt ihn der Körper seiner Mutter. Wenn sie aber selbst eine ansteckende Krankheit bekommt, kann das für den Fötus gefährlich werden und deshalb werden beide vom Arzt überwacht.

Wie atmet er?

Der Fötus atmet nicht wie wir durch Nase, Mund und Lungen: Er nimmt den Sauerstoff nicht aus der Luft auf, sondern aus dem Blut. Auch dafür sorgt die Plazenta. Er kann sogar Schluckauf bekommen! Im Augenblick nach der Geburt schreit das Neugeborene und füllt dabei seine Lungen zum ersten Mal mit Luft. Von da an atmet es genauso wie du.

Spürt das Baby, wenn die Mutter ihren Bauch berührt?

Ja, das Baby kann wahrnehmen, was in seiner Umgebung vorgeht. Indem sie ihren Bauch streichelt, kann die Mutter mit ihm Kontakt aufnehmen. So fühlt sich das Baby sicher und geborgen.

Das Geheimnis der Zwillinge

Auf der ganzen Welt gibt es etwa 75 Millionen Zwillingspaare. Zweieiige Zwillinge kommen doppelt so häufig vor wie eineiige, und es gibt ebenso viele Zwillings-Mädchen wie Zwillings-Jungen.

Warum gibt es Zwillinge?

Im Allgemeinen entwickelt sich während einer Schwangerschaft nur ein einziger Embryo. Manchmal sind es aber mehrere: Wenn es zwei sind, nennt man sie Zwillinge und wenn es drei sind, nennt man sie Drillinge.

Warum sehen sich manche Zwillinge nicht ähnlich?

Weil sie aus zwei verschiedenen Eizellen stammen, die gleichzeitig befruchtet worden sind: Man nennt sie zweieiige Zwillinge. In Wirklichkeit aber sind sie am gleichen Tag geborene Geschwister. Echte Zwillinge sind sich vollkommen ähnlich. Sie sind aus einer einzigen Eizelle entstanden, die sich aus unbekannten Gründen sofort nach der Befruchtung in zwei Embryos geteilt hat.

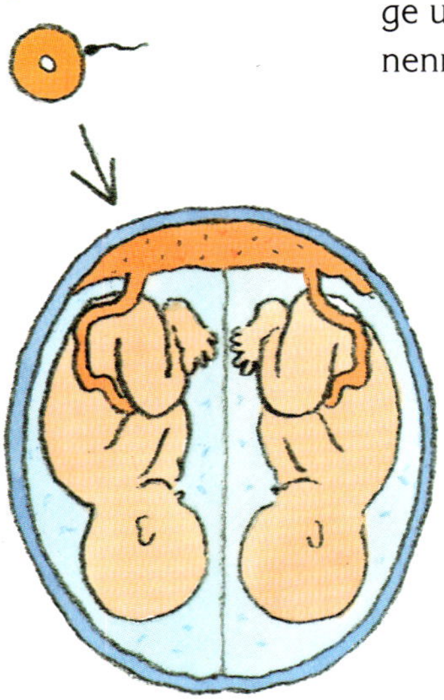

Eineiige Zwillinge teilen sich die gleiche Plazenta.

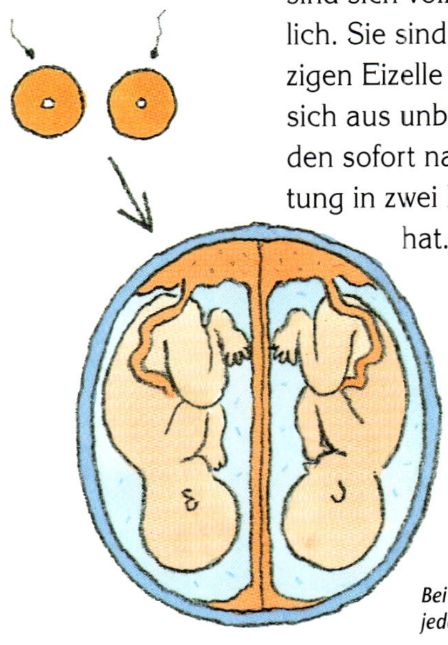

Bei zweieiigen Zwillingen hat jeder seine eigene Plazenta.

Sind Zwillinge, die gleich aussehen, auch in allem anderen gleich?

Da sie aus der gleichen Eizelle und dem gleichen Spermium entstanden sind, könnte man denken, dass sie sowohl vom Aussehen als auch vom Charakter her in allem gleich sind. Charakter und Persönlichkeit werden jedoch von den Erfahrungen des Alltags und den Beziehungen zu anderen Menschen geprägt. Abgesehen davon verhalten sich sogar eineiige Zwillinge oft unterschiedlich: Der eine ist fröhlicher, der andere stiller usw.

Haben Zwillinge im Bauch genügend Platz?

Eine Frau, die mit Zwillingen schwanger ist, ist sicher umfangreicher, aber ihr Bauch ist nicht doppelt so dick! Bei der Geburt sind Zwillinge etwas leichter, aber meistens völlig gesund und ebenso kräftig wie andere Babys.

Geschichten über Zwillinge

Man erzählt, dass Zwillinge, die Hunderte von Kilometern voneinander entfernt waren, im gleichen Moment die gleichen Schmerzen verspürt haben oder den gleichen Traum hatten. Darüber kann man nur staunen.

Das Geschlecht des Babys

Wird es ein Mädchen oder ein Junge?

Diese Frage beschäftigt alle werdenden Eltern.

Können die Eltern das Geschlecht ihres Babys bestimmen?

Nein, man kann bei der Empfängnis nichts bestimmen. Ob das Geschlecht des Babys weiblich oder männlich ist, wird bei der Befruchtung festgelegt, ohne dass wir Einfluss darauf haben.

Kann man das Geschlecht schon vor der Geburt erfahren?

Ja, und zwar mit Hilfe einer Ultraschalluntersuchung ab dem 5. Schwangerschaftsmonat. Man kann sich jedoch frei entscheiden, ob man dieses Geheimnis lüften will. Manche Eltern warten lieber bis zur Geburt.

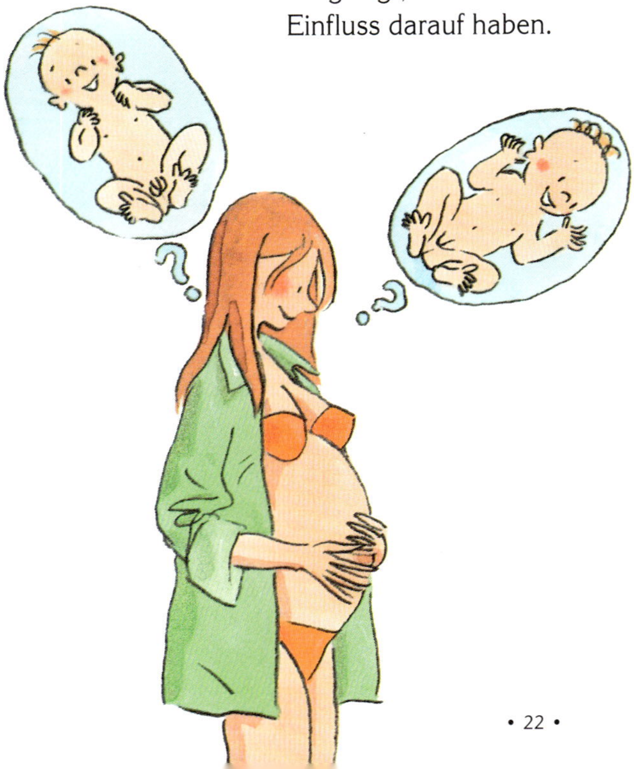

Haben Zwillinge immer das gleiche Geschlecht?

Eineiige Zwillinge ja. Zweieiige Zwillinge können auch verschiedenen Geschlechts sein.

Warum wird es ein Mädchen oder ein Junge?

Die Eizelle und das Spermium enthalten Chromosomen, die so ähnlich aussehen wie kleine Stöckchen. Manche haben die Form eines X, andere die Form eines Y. Der Mann kann X- oder Y-Chromosomen haben, die Frau hat immer X-Chromosomen. Wenn das Spermium Träger eines X-Chromosoms ist, wird es ein Mädchen. Bei Y wird es ein Junge.

Ein Zaubertrank

Es heißt, dass man mit gewissen Geheimrezepten die Natur beeinflussen kann. Wenn man viel Joghurt und Käse isst, soll es ein Mädchen werden, von viel Obst und Gemüse bekommt man angeblich einen Jungen. Es gibt rund um die Empfängnis viel Aberglaube, in Wirklichkeit jedoch kann man mit solchen Tricks das Wunder des Lebens nicht steuern.

Der Aberglaube stirbt nicht aus

»Es ist ein Mädchen, denn du hast einen runden Bauch.« »Nein, es ist ein Junge, dein Bauch ist vorne spitz.« Auch ein Ehering, der an einem Haar hängt, soll die Kraft haben, das Geschlecht des Kindes vorherzusagen: Schwingt er von links nach rechts, wird es ein Mädchen, schwingt er von unten nach oben, wird es ein Junge. Solche Ammenmärchen haben mit der Realität nichts zu tun.

Ammenmärchen

Als die Kinder noch aus Kohlköpfen kamen

Im vorigen Jahrhundert sprach man nicht über Sexualität. Natürlich fragten sich die Kinder trotzdem, woher die Babys kommen. Wenn sie wissen wollten: »Wo war ich, bevor ich geboren wurde?«, erhielten sie die Antwort: »Damals warst du in einem Kohlkopf.« In belgischen Dörfern hielt sich z.B. lange Zeit der Glaube, Kinder würden aus den Kohlköpfen in Pfarrers Garten kommen. Bis vor kurzem zeigten die Schilder von Hebammen eine Dame, die ein Kind aus einem Kohlkopf herausholt.

Warum Kohlköpfe?

Man kann in das Herz eines Kohlkopfs nicht hineinsehen. Deshalb kann man glaubhaft versichern, dass sich darin ein Baby versteckt. Aus dem gleichen Grund behauptete man später, dass Mädchen aus Rosenknospen kommen.

Rosa für Mädchen, hellblau für Jungen

Vielleicht liegt in dem Glauben an die Rosenknospe der Anfang des Brauchs, kleine Mädchen rosa zu kleiden und kleine Jungen hellblau. Sicherlich trägt dazu auch die Tatsache bei, dass man bei angezogenen Babys nicht auf den ersten Blick das Geschlecht erkennen kann.

Verzauberte Quellen

Wasser wird oft mit dem Wunder der Geburt in Verbindung gebracht. Es gibt sehr viele Sagen über verzauberte Brunnen oder Quellen. So heißt es, man solle zwei Hemdchen auf die Wasseroberfläche legen, ein Mädchenhemd und ein Jungenhemd. Daran, welches Hemd länger oben bleibt, soll man erkennen können, ob das Kind Hose oder Rock tragen wird.

Die Geburt

Woher weiß die Mutter, wann es so weit ist?

Der Frauenarzt rechnet immer ein Datum für die Geburt aus. Sie kann aber auch ein paar Tage früher oder später stattfinden. Die Schwangere nimmt Veränderungen in ihrem Körper wahr. Sichere Anzeichen der Geburt sind z.B. das austretende Fruchtwasser oder einsetzende Wehen. Dann sind Mutter und Baby bereit für den großen Augenblick.

Warum gehen Frauen für die Geburt ins Krankenhaus?

Eine Geburt ist keine Krankheit. Deswegen ist die Entbindungsstation eine eigene Abteilung in einem Krankenhaus oder einer Klinik. Wenn aber etwas nicht normal verläuft, greift das medizinische Personal ein. Früher wurden Kinder meist zu Hause geboren, aber das war nicht so sicher. Außerdem kümmert man sich auf der Entbindungsstation die ersten drei, vier Tage nach der Geburt um Mutter und Kind, was für alle Beteiligten eine Erleichterung ist.

Was geschieht während der Geburt?

Die Geburt läuft in drei Phasen ab. Die Eröffnung: Kontraktionen der Gebärmutter leiten die Geburt ein. Die Austreibung: Das Kind kommt mit dem Kopf zuerst aus der Scheide heraus. Das Ausstoßen: Die nutzlos gewordene Plazenta wird abgestoßen. Der ganze Vorgang kann 4 Stunden, 12 Stunden oder einen ganzen Tag dauern, aber nicht länger.

Was ist eine Zangengeburt?

In gewissen Fällen braucht man die Geburtszange (sie ähnelt einer großen Pinzette), um dem Baby beim Herauskommen zu helfen.

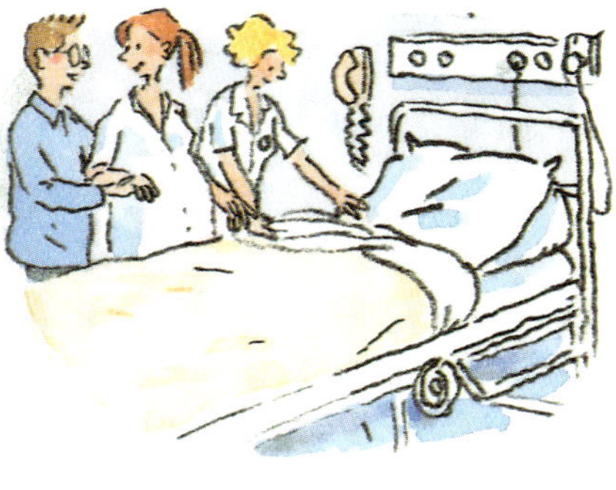

Ist eine Geburt furchtbar, weil dabei Blut fließt?

Blut ist ein Zeichen des Lebens. Deshalb ist es normal, dass auch bei der Geburt etwas Blut fließt, zumal der Austausch zwischen Mutter und Baby durch Blutgefäße und Plazenta stattfindet. Das ist weder schmutzig noch eklig, aber man kann es unangenehm finden. Wenn wir Blut zu sehen bekommen, macht uns das oft Angst oder es erinnert uns an Schmerzen, deswegen sehen wir es nicht so gerne.

Was ist ein Kaiserschnitt?

Wenn das Baby nicht auf dem natürlichen Weg herauskommen kann oder wenn dabei Gefahr für einen der beiden besteht, öffnet ein Chirurg vorsichtig den Bauch der Mutter, um das Baby herauszuholen.

Geboren werden

Die Periduralanästhesie

Sie ist die einzige Methode schmerzfrei zu gebären. Nach einer Spritze wird das Becken der Mutter unempfindlich. Die Frau bleibt bei der Geburt jedoch die ganze Zeit über wach.

Hat die Mutter bei der Geburt Schmerzen?

Ja, denn dazu muss die Gebärmutter »arbeiten«, sich weiten und so den Weg für das Baby frei machen. Die Gebärmutter ist ein Muskel, der sich bei der Geburt schnell und stark zusammenzieht, und das tut weh. Es gibt jedoch Betäubungsarten wie die Periduralanästhesie, die schmerzlindernd wirken und der Mutter helfen, sich zu entspannen.

Hat das Baby bei der Geburt Schmerzen?

Man weiß es nicht. Die einen glauben, dass der Schrei, den es bei seiner Geburt ausstößt, ein Schmerzensschrei ist; andere glauben, dass es nur schreit, um seine Atmung in Gang zu bringen. Auf jeden Fall ist die Geburt unvermeidlich und wir müssen sie alle hinter uns bringen.

Darf ich bei der Geburt dabei sein?

Die Geburt eines Babys ist vor allem Sache der Eltern. Sie ist ein wunderbares Abenteuer für ein Paar, auch wenn die Familie schon größer ist. Ebenso wie die Sexualität, deren Folge sie ja ist, ist die Geburt etwas sehr Privates.

Nach der Geburt

Das Neugeborene wird gewaschen, gewogen und angezogen. Dann darf es endlich in Ruhe im Arm seiner Mutter liegen.

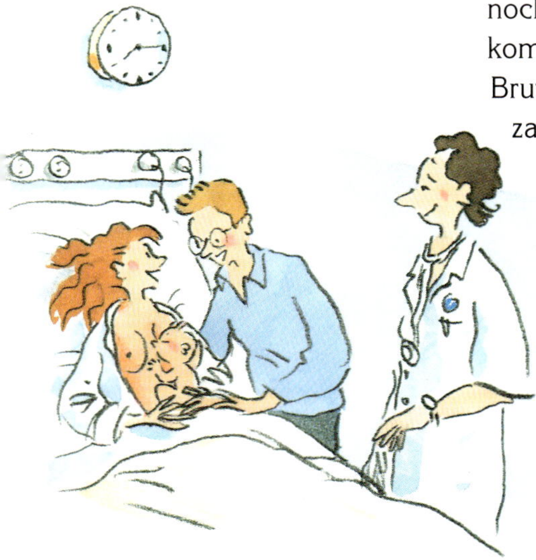

Was ist eine Frühgeburt?

Manchmal wird ein Baby einige Wochen vor dem errechneten Termin geboren. Deshalb hat es nicht genug Zeit für seine Entwicklung gehabt und muss außerhalb des Körpers seiner Mutter noch etwas wachsen. Es kommt meistens in einen Brutkasten, und in der Mehrzahl der Fälle geht alles gut.

Ein historisches Körbchen

Vor langer Zeit wollte eine Mutter ihren Sohn vor dem Massaker durch die Ägypter retten. Er hieß Moses. Sie legte ihn in ein Körbchen, brachte es zum Fluss Nil und setzte es ins Wasser. Das Kind trieb in seinem Körbchen mit der Strömung und wurde auf diese Weise gerettet. Auch heute gibt es Körbchen für Neugeborene, die man Moses-Körbchen nennt.

Ein einzigartiges Wesen

Was sind Gene?

Gene sind mikroskopisch kleine Teilchen, in denen die Informationen enthalten sind, die unsere einzigartigen Eigenschaften entstehen lassen (z. B. Augenfarbe und Schuhgröße).

Einen Baum pflanzen

Die Geburt eines Menschen steht für die Fortdauer und Erneuerung des Lebens. Es ist ein alter Brauch, für jedes Neugeborene einen Baum zu pflanzen, z. B. eine Eiche als Symbol für Kraft und langes Leben.

Meine Schwester und ich sehen uns kein bisschen ähnlich!

Eine befruchtete Eizelle enthält zur Hälfte die Gene des Vaters und zur anderen Hälfte die Gene der Mutter. Die Aufteilung der Gene ist jedoch Sache des Zufalls. Man hat daher eine Chance von 1 zu 70 000 Milliarden, mit einem seiner Geschwister identisch zu sein. Jedes menschliche Wesen ist einzigartig und anders als die anderen. Aus diesem Grund sehen sich manche Geschwister sehr ähnlich und andere überhaupt nicht.

Wenn man eine Generation überspringt

»Sie ist das Abbild ihrer Großmutter«, sagen deine Eltern über dich. Tatsächlich kann man den Großeltern oder einer Tante ähnlicher sehen als den eigenen Eltern. Das passiert, weil jeder von uns die Eigenschaften seiner gesamten Vorfahren in sich trägt, wie z.B. Opas rote Haare oder Tante Ingrids Muttermal. Der Zufall bei der Befruchtung lässt manchmal scheinbar verloren gegangene Merkmale wieder aufleben.

Der Stammbaum

Du bist von einem Mann und einer Frau gezeugt worden, die selbst von einem Mann und einer Frau gezeugt wurden und so weiter und so fort ... Man kann sehr weit in der Familiengeschichte zurückgehen und dabei überraschende Vorfahren entdecken: einen Gallier, einen Römer oder sogar einen Wikinger!

Meine beste Freundin sieht mir ähnlich

Manchmal trifft man zufällig Leute, die einem ähnlich sehen. Das sind die Überraschungen der Genetik. Der Spiegeleffekt bewirkt meist, dass man gerne mit diesen Menschen zusammen ist.

Das Leben als Baby

Wie groß ist ein Baby?

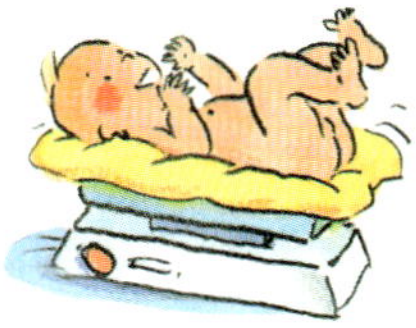

Neugeborene sind im Durchschnitt 50 cm lang und wiegen etwa 3,3 kg. Aber es gibt auch hier Unterschiede: Menschen im gleichen Alter sind nicht alle gleich schwer und gleich groß.

Die Wahl des Vornamens

Man trägt seinen Vornamen sein Leben lang, und er wird immer sorgfältig ausgewählt. Schon einige Monate vor der Geburt überlegt die Familie, Mutter und Vater versuchen sich auf einen Namen zu einigen, und jeder kommentiert die Vorschläge der anderen. Manchmal entscheidet man sich erst, wenn man das Baby sieht, ob man es Luise, Andreas, Benjamin oder auch anders nennt.

Milch macht groß und stark

Das Baby ernährt sich von Milch. Wenn seine Mutter es an ihrer Brust trinken lässt, nennt man das Stillen. Es kann aber seine Milch auch aus dem Fläschchen bekommen. Erst mit etwa einem Jahr beginnt das Kind, feste Nahrung zu sich zu nehmen. Dann hat es meist auch schon seine ersten Zähne, die man Milchzähne nennt.

Was kann ein Baby überhaupt?

Ein Baby kann sehr viel, was wir bereits wieder vergessen haben: Es kann z.B. saugen und sein Händchen sehr fest um einen hingehaltenen Finger schließen. Das sind Reflexe. Bevor es laufen oder ein richtiger Spielgefährte sein kann, muss es noch sehr viel lernen. Bis es so weit ist, wird es die anderen beobachten, einfach größer werden und sich auf seine eigene Weise ausdrücken: weinen, lächeln, lachen und plappern.

Es hat einen großen Kopf

Bei einem Neugeborenen macht der Kopf ungefähr ein Drittel der gesamten Körpergröße aus. Mit der Zeit werden die Proportionen sich ändern, bis sie sich im Erwachsenenalter stabilisieren.

Mein kleiner Bruder, meine kleine Schwester

Ich möchte mich gerne um das Baby kümmern

Aber du bekommst die ganze Zeit über zu hören, dass ein Baby sehr empfindlich ist. Das stimmt: Ein Neugeborenes kann seinen Kopf noch nicht alleine hoch halten, es kann auch noch nicht sitzen, und deshalb muss man aufpassen. Wenn man aber vorsichtig ist und die Eltern dabei sind, kann man ihm das Fläschchen geben oder es in den Arm nehmen und ihm so zeigen, wie lieb man es hat.

Alles dreht sich nur noch um das Baby!

Obwohl es so klein ist, beansprucht ein Baby viel Aufmerksamkeit: Man spricht mit ihm, es bekommt Geschenke, und oft kommt es den anderen Kindern vor, als würde sich keiner mehr für sie interessieren. Sie sind manchmal sauer auf das Baby, obwohl sie es doch sehr lieb haben. Langsam gewöhnt sich jeder in der Familie an seinen neuen Platz. Ein bisschen Eifersucht kommt trotzdem noch vor und ist unter Geschwistern ganz normal.

Babys sind gar nicht schön!

Das stimmt. Kurz nach der Geburt ist ihre Haut runzlig, der Schädel kahl oder aber von einem dunklen Flaum bedeckt. Neugeborene haben keine Zähne und schneiden seltsame Grimassen. Trotzdem ist jedes Baby für seine Familie schön. Bald wird es rundlicher werden und so aussehen, wie man sich ein niedliches Baby vorstellt.

Erkennt es mich?

Schon früh nehmen Babys die Anwesenheit von Kindern wahr. Sie ahnen wahrscheinlich, dass sie irgendwie zusammengehören. Die Beziehung zwischen Geschwistern entsteht schon in den ersten Tagen, und in ein paar Monaten wird das Baby entzückt sein, wenn sie sich ihm nähern, und lächeln, wenn es sie hört.

Windeln wechseln

Mehrmals am Tag werden die Windeln des Babys gewechselt. So war es auch bei dir.

Wachsen

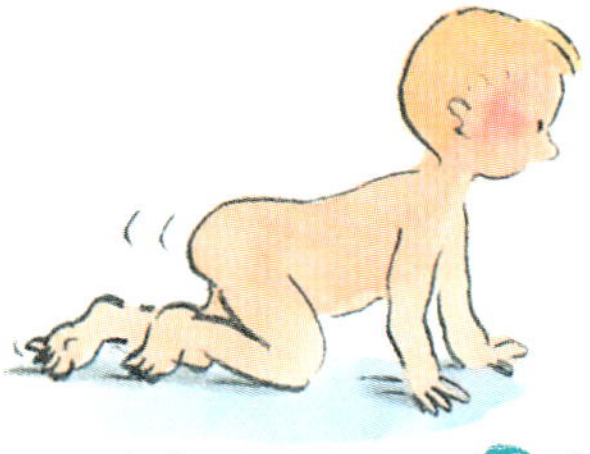

Eine andere Art zu zählen

In Asien wird das Alter eines Kindes anders gerechnet.Bei seiner Geburt ist es schon neun Monate alt.

Wie alt war ich, bevor ich ein Jahr alt war?

Das Alter wird vom Tag der Geburt an berechnet. Bevor man also ein Jahr alt ist, war man zuvor einen Tag, dann eine Woche, einen Monat, sechs Monate alt; 365 Tage nach seiner Geburt hat man dann zum ersten Mal Geburtstag. Und so weiter und so fort ...

Ab wann ist ein Baby kein Baby mehr?

Ab dem Moment, wo es laufen kann, gilt ein Baby im Allgemeinen als Kleinkind, weil es sich alleine fortbewegen kann. Wenn es laufen gelernt hat, kann es auch bald sprechen. Das sind die beiden wichtigsten Dinge, die ein Kleinkind lernt. Man kommt nämlich wesentlich besser zurecht, wenn man sich ausdrücken kann und hingehen kann, wohin man möchte.

Ich will groß werden, aber ich will auch ein Baby bleiben

Größer werden ist ein aufregendes Abenteuer voller Versprechungen. Die Eltern sagen so oft: »Das wirst du verstehen, wenn du größer bist« oder »Das wirst du machen können, wenn du größer bist.« Das bedeutet aber auch, den Schritt in eine unbekannte Welt zu wagen, vor der man sich manchmal fürchtet. Deshalb möchte man die Zeit aufhalten und weiterhin klein bleiben, aber das ist unmöglich. Niemand kann über die Zeit bestimmen.

Wie schnell wächst man eigentlich?

Im ersten Lebensjahr wird man um 20 cm größer und verdreifacht sein Gewicht. Mit vier Jahren ist man etwa einen Meter groß: Das ist doppelt so groß wie bei der Geburt. Danach wächst man bis zur Pubertät ungefähr 4 mm im Monat. Jetzt werden die Kleider schnell wieder zu klein, von den Schuhen ganz zu schweigen: Füße, Beine, Arme werden länger, der Körper verändert sein Aussehen. Die Gewichtszunahme ist schwieriger zu erklären: Sie hängt von der Familie ab (es gibt dünne und dicke Familien) und von den Ernährungsgewohnheiten.

Die Pubertät

Ein neuer Lebensabschnitt beginnt

Die Pubertät zeigt sich an den Veränderungen des Körpers, die anders sind als in den vorangegangenen Jahren. In der Pubertät wird man zwar auch größer und schwerer, gleichzeitig aber ändern sich viele andere Dinge: Die Mädchen bekommen einen Busen und ihre Regel tritt ein, die Jungen bekommen einen Bart.

Wann fängt sie an?

Die Pubertät beginnt frühestens mit dem zehnten Lebensjahr, meistens aber etwas später. Mit ihr hört die Kindheit auf und es beginnt die Jugend. Gleichzeitig leitet sie auch die Veränderungen ein, die es dem Körper ermöglichen werden sich fortzupflanzen. Mit der Zeit werden aus Mädchen und Jungen Frauen und Männer, die selbst Kinder haben können. Bevor es aber so weit ist, muss noch viel geschehen.

Tut Pubertät weh?

Die Veränderungen des Körpers, die mit der Pubertät zusammenhängen, sind zwar nicht schmerzhaft, aber irgendwie beunruhigend, und zwar für Mädchen genauso wie für Jungen. Sie betreffen Größe und Körpergewicht, aber auch die Körperbehaarung und die Entwicklung der Geschlechtsorgane, die jetzt ihre Funktion aufnehmen. Es ist normal, dass man sich manchmal etwas eigenartig fühlt, wenn man plötzlich 12 cm in einem Jahr wächst, mehr isst als die Erwachsenen und sieht, wie sich auch andere Kinder in diesem Alter körperlich verändern.

Muss man sich wirklich jeden Tag waschen?

Ja, denn es ist wichtig, sich sorgfältig um seinen Körper zu kümmern. In der Pubertät werden Haare und Haut fettiger und man schwitzt mehr. Zähneputzen, Haarewaschen, gründliches Einseifen sind ein Zeichen der Selbstachtung. Dann kann man auch von den anderen Achtung erwarten.

Und was kommt nach der Pubertät?

Noch einmal Veränderungen im Kopf und im Herzen. Nachdem die Verwandlung des Körpers abgeschlossen ist, kann noch einige Zeit vergehen, bis man Interesse an der Liebe entwickelt. Wie lange es dauert, ist von Mensch zu Mensch verschieden. Irgendwann aber wird das Interesse an Liebe und Sex zum selbstverständlichen Bestandteil des Lebens.

Den eigenen Körper entdecken

Sich selbst zu streicheln ist angenehm und gehört zur Entdeckung der eigenen Sexualität.

Mädchensachen

Wir spielen andere Spiele als die Jungen

Während im Kindergarten Mädchen und Jungen noch gerne zusammen spielen, ändert sich das in den ersten Schuljahren: die Mädchen spielen meist auf einer Seite des Schulhofs und die Jungen auf der anderen. Trotzdem ist es schön, wenn man sich sieht.

Jungs sind so kindisch ...

Man sagt im Allgemeinen, dass Mädchen reifer sind als Jungen. Und das ist nicht falsch: Die Pubertät der Mädchen beginnt meist früher als die ihrer Schulkameraden. Unter anderem wachsen Mädchen am stärksten zwischen ihrem 10. und 15. Lebensjahr, Jungen zwischen dem 11. und dem 18. Lebensjahr.

Was ändert sich, wenn man älter wird?

In der sechsten Klasse sehen manche Mädchen schon wie erwachsene Frauen aus: Sie haben eine Busen und tragen hohe Absätze, während andere immer noch so aussehen wie Kinder. Reifere Mädchen suchen gleichzeitig die Nähe älterer und gleichaltriger Mädchen, denn mit 11 oder 12 Jahren fühlt man sich Kindern näher als Erwachsenen.

Was ist die Regel?

Abgesehen von dem Wachstum des Busens ist das Aufregendste für Mädchen in der Pubertät das Eintreten der Regel (auch Menstruation oder »Tage« genannt). Etwa alle vier Wochen verlieren Mädchen und Frauen eine kleine Menge Blut. Das ist nicht schlimm, es tut kaum weh und bedeutet nichts anderes, als dass der Körper nun bereit ist für ein Baby. Während der Schwangerschaft setzt die Regel aus und nach der Geburt tritt sie wieder ein.

Während ihrer Regel verwenden Mädchen und Frauen Tampons oder Binden. Diese nehmen die geringen Blutmengen auf, die aus der Scheide fließen.

Heißt das auch, man kann mit Jungen schlafen?

Nein, das heißt nur, dass die zur Fortpflanzung nötige körperliche Reife erreicht ist. Um sexuelle Beziehungen aufzunehmen, muss man auch eine gewisse gefühlsmäßige Reife erreichen, und das ist oft erst mit ungefähr 15 oder 16 Jahren der Fall.

Jungensachen

Wann bekomme ich einen Bart?

Auch das geht langsam vor sich. Zwischen dem Auftreten eines zarten Flaums und den harten Barthaaren, die man sich abrasieren kann, liegen mehrere Jahre. Auch die Behaarung der Beine, der Arme, des Oberkörpers und der Scham entwickelt sich über einen längeren Zeitraum hinweg.

Mein großer Bruder hat plötzlich eine komische Stimme

Bei Jungen wirkt sich die Pubertät unter anderem auf die Stimme aus: Sie wird tiefer. Das geschieht aber nicht auf einmal. Mehrere Monate lang wechselt die Stimme eines Jungen zwischen hohen und tiefen Tonlagen hin und her, bis sie ihren endgültigen Klang erreicht hat.

Kriegt jeder Pickel?

Nein, aber Jungen haben meistens mehr Pickel als Mädchen. Schuld daran sind die männlichen Sexualhormone.

Mein Penis ist morgens hart. Ist das normal?

Ja, ein Junge hat von klein auf Erektionen. Ab der Pubertät können sich daran auch Ejakulationen anschließen.

Wenn ich größer werde, wächst mein Penis auch?

Ja, die Geschlechtsorgane entwickeln sich in der Pubertät ebenso wie der restliche Körper.

Wann beginnt man zu flirten?

Man kann schon früh einen Freund oder eine Freundin haben, die man sehr lieb hat, aber das ist noch kein richtiger Flirt. So mit 10, 11 Jahren wird die Sache dann etwas ernster. Etwas später fangen Jungen richtig an mit Mädchen zu flirten und ihnen auf Partys zärtliche Worte zu sagen oder sie zu küssen.

So schützt man sich

An wen kann man sich wenden?

Pro Familia: *hat Beratungsstellen in allen größeren Städten (Telefonnummer und Adresse stehen im Telefonbuch).*

Bundesverband für gesundheitliche Aufklärung:
Ostmerheimer Str. 220, 51109 Köln
Tel. 02 21/8 99 20

Bei Missbrauch: Zartbitter e.V.
Stadtwaldgürtel 89, 50936 Köln
Tel. 02 21/40 57 80

AIDS-Beratung deutschlandweit:
Tel. 1 94 11

Man spricht viel von Kindesmissbrauch. Was ist das?

Kindesmissbrauch nennt man das unnormale Verhalten eines Erwachsenen, der versucht mit einem Kind Geschlechtsverkehr zu haben oder intim zu werden, indem er es dazu zwingt. Kindesmissbrauch ist immer ein Verbrechen und das betroffene Kind trägt daran keine Schuld.

Wann spricht man von Vergewaltigung?

Man spricht von Vergewaltigung, wenn ein Erwachsener und ein Jugendlicher beteiligt sind, aber auch, wenn ein Erwachsener einen anderen Erwachsenen zum Geschlechtsverkehr zwingt. Meistens geht es dabei um einen Mann, der ein Mädchen oder eine Frau vergewaltigt. Vergewaltigung ist ebenso wie Kindesmissbrauch ein Verbrechen, das vom Gesetz bestraft wird. Das Opfer sollte auf jeden Fall Anzeige erstatten.

Muss man vor allen Leuten Angst haben?

Nein, aber man sollte sehr vorsichtig sein, wenn man einem Erwachsenen folgt, egal, ob man ihn kennt oder nicht. Ein einfacher Schutz besteht darin, Bescheid zu sagen, was man vorhat. Wenn dich also zum Beispiel jemand bittet, mit ihm zu gehen, dann solltest du es immer deinen Eltern oder Freunden sagen, auch wenn du der betreffenden Person vertraust. Du solltest auch nie alleine an einsamen Stellen spielen.

Das Inzestverbot

Eltern dürfen keine sexuellen Beziehungen zu ihren Kindern haben. Das ist auch gesetzlich verboten und wird schwer bestraft. Vereinzelt kommt es leider doch – wenn auch nur sehr selten – vor, und dann ist es für das Kind sehr schwer, darüber zu sprechen. Es mag Vater oder Mutter nicht anklagen und schämt sich sehr, obwohl es keine Schuld trägt. Trotzdem ist darüber zu sprechen die einzige Möglichkeit, dieser schlimmen Lage ein Ende zu bereiten.

Warum gibt es so etwas?

Liebe und Sexualität machen den meisten Menschen Spaß und bereiten ihnen Freude. Es gibt aber auch Männer und Frauen, die Probleme damit haben und Sexualität als quälend empfinden. Zum Glück sind sie nicht sehr zahlreich. Meistens sind es Menschen, die in ihrer Kindheit viel gelitten haben oder misshandelt wurden und nun als Erwachsene den Zwang verspüren, selbst andere zu quälen.

Was ist ein Exhibitionist?

Das ist ein Mann, der den Drang hat, seinen Penis Fremden zu zeigen, sehr oft auch Kindern. Wenn du jemanden siehst, der das tut, zum Beispiel auf dem Schulweg, dann musst du es unbedingt deinen Eltern oder Lehrern sagen.

Die Schwangerschaft infolge einer Vergewaltigung kann durch Abtreibung abgebrochen werden.

Gefühle

Die erste Liebe – wie alt ist man dann?

Seine erste Liebe trifft man häufig im Kindergarten und man vergisst sie niemals. Man kann auch in der Grundschule einen Freund oder eine Freundin haben, und man erzählt dann viel über ihn oder sie. Es ist zwar ernst gemeint, sieht aber aus wie ein Spiel, und die anderen sparen nicht mit Kommentaren, wenn die Liebenden sich Küsschen geben. Die Erwachsenen geht das jedoch gar nichts an!

Was ändert sich, wenn man älter wird?

Mit 12 oder 13 Jahren verändert sich der Körper: Das ist die Pubertät. Die Art, wie man denkt, verändert sich in dieser Zeit ebenso wie die Weise, auf die man verliebt ist. Dabei wird man langsam erwachsen und die Liebe wird nach und nach zu einem wichtigen Bestandteil des Lebens.

Hält die Liebe das ganze Leben?

Man sagt oft, dass wahre Liebe ein Leben lang währt und manchmal stimmt das auch. Es kann aber genauso gut sein, dass ein Gefühl heftiger Verliebtheit mit der Zeit Zärtlichkeit und Zuneigung Platz macht. Ebenso kommt es auch vor, dass Partner sich trennen, weil keine Liebe mehr zwischen ihnen ist. Man kann sich im Leben mehrmals genauso aufrichtig verlieben wie zum allerersten Mal. Es gibt keine allgemeingültige Regel, und man kann auch nicht von vornherein bestimmen, was später eintreten wird.

Kann man befreundet bleiben, wenn die Liebe aus ist?

Liebe und Freundschaft sind zwei sehr starke, aber auch sehr unterschiedliche menschliche Gefühle und Erwachsene können nur schwer zwischen ihnen hin und her wechseln. Bei Kindern ist das anders, aber die Intimität der Liebesbeziehung, in der Sexualität eine Rolle spielt, ist nicht das Gleiche wie die Freundschaft unter Spielgefährten. Außerdem leidet man immer ein bisschen unter dem Ende einer Liebe, und es ist wohl deswegen so schwierig befreundet zu bleiben.

Wenn ich im Fernsehen ein Liebespaar sehe, habe ich Lust hinzugucken, und gleichzeitig ist es mir peinlich.

Mit etwa 8 bis 10 Jahren beginnt man es peinlich zu finden, wenn man bei anderen Dinge sieht, die mit körperlicher Liebe zu tun haben. In diesem Alter entwickelt sich ein Gefühl der Diskretion, das mit Scham jedoch nichts zu tun hat. Man will oft nicht, dass die anderen einen nackt sehen, und will sie auch nicht so sehen. Das ist normal und muss respektiert werden.

Die Deutsche Bibliothek - CIP-Einheitsaufnahme

Fragen zur Liebe. - München : Ars.Ed.
Einheitssacht.: Questions d'amour <dt.>
8 - 11 Jahre / Virginie Dumont ; Serge Montagnat. Ill. von Denise und Claude Millet. [Aus dem Franz. von Cornelia Panzacchi]. - 1998
ISBN 3-7607-4664-0

Nach den Regeln der neuen Rechtschreibung

Aus dem Französischen von Cornelia Panzacchi
Lektorat: Magda-Lia Bloos
Umschlaggestaltung: Bernd Haak

Titel der Originalausgabe bei Éditions Nathan, Paris:
»Questions amour 8/11 ans«

Printed in France
ISBN 3-7607-4664-0